詩集

何かは
何かのまま残る

吉村悟一

コールサック社

詩集

何かは何かのまま残る

目次

＊

詩集

何かは何かのまま残る

吉村悟一

疑惑

何もない
何もない
何もないようで何かある

何かある
何かある
何かあるようで何もない

何かが手品を使い分け
何かが安堵の息を吐き

何かは何かのまま残る

*

言葉たち

夢のエネルギー

平和利用

安全神話

終息宣言

完全ブロック

コントロール

新安全神話

再稼働

内心

テーブルの上に
原稿用紙を広げた
鉛筆で「共謀罪」
と表題を書いた
そしてオレは固まった

マス目は一文字も埋まらない
どう書き始めたらいいかわからない
詩の切り口が見つからない
脇にある新聞を開いて

文字を拾い読みした
新聞記事は
詩になって歩いてこない

頭を抱え
三〇分が経った
「共謀罪」を頭でこねくり回しただけ
オレは体ごとぶつかってない
わかったのはそれだけ

それならばと
「共謀罪」に体当たりした
跳ね飛ばされて気がついた
オレの頭が眠っていた
目を覚まさねば駄目だとこんどは

「共謀罪」の中に飛び込んだ

オレが目を覚ました
凄味を利かした「共謀罪」が
そこに立っていた
オマエは「計画・合意」
「準備作業」をやったと
オレの「内心」を引きずり出し
これは「共謀罪」だ
オレの自由をぎりぎり縛って
令状なし
問答無用
あたりには監視カメラ
盗聴器
「共謀罪」があちこちで

威張っていた

脳波

俺の脳波は時流に敏感に反応した

何かこの頃おかしい
電車の中吊の週刊誌の広告の構えがかわった
見えない処に監視カメラがふえた
市民はまだ気にしてない様子
あの法律が強行採決され脳波が異常発信しはじめた
内心を見せまいとする若者がふえはじめ
暴走する政権に抗議する集会に
サングラスやマスクを着用する人がふえた
ここにスパイが紛れているかも

そんな心配を仲間内で交わすようになってきた
俺の携帯に無言電話がふえたのが気になる
オモテナシの心が町内会にも押し付けられ
アルファベットの表示が目立ちだした
ベストを着たポリスが親しげに俺に寄ってきて
近々大きなテロ対策訓練の話をしたあと
「テロの犯人役のボランティア要員が不足している
　あなたも手伝ってもらえないか」
俺の脳波は敏感に反応した
これは俺をハイジャックしてスパイ要員にするつもり
薄気味悪い「都合がつかない」と断った
友達と喫茶店でその話をし
「何だかこの国おかしい　黙っていられない」と俺
「ヤバイ話ここでするな」と友達が諌めた

オレは無罪だ

乾いた風が通りすぎた
防犯カメラが何かをキャッチしようと
目を輝かしている
オレは疲れた体を引きずって
いつもの道を家路へと急ぐ

何を考えようと自由だ

誰も侵すことが出来ない
個人の尊厳の壁を

突然数名の男が乗り越えてきた

ヤツは鞄をポンと叩いて
「証拠はこの中だ
　オマエが落とした手帳が入っている」
「それはオレの手帳じゃない
　手帳は普段から使ってない」
「組織的準備行動を計画しただろう」
「馬鹿を言うな証拠があるのか」
「オマエは『共謀罪』容疑で
　とりあえず署に来てもらう」

早く弁護士を呼べ

公文書

衆院のＴＰＰ特別委員会の冒頭
野党が交渉経過の文書提出を求めた
オレは公文書
書き直すならまだしも
墨塗りのまま
タイトル以外は何も読めない
オレの尊厳は無視されて配られた

議員はびっくり
この文書で議論しろというのか

国会をなめんじゃあないと大混乱
経産省の大臣はしどろもどろに
秘密保持
と言い訳するだけ
委員会はオレをめぐって
生かすか　殺すかでぶつかった
首相は交渉結果がすべての一声で終わる

さらに驚いたのは翌日
「死に体」のオレをネタに
農水族で特別委員会委員長が
「ＴＰＰの真実」
という本を出版する予定だと
野党議員が配ったゲラ刷り原稿

そこに生々しい交渉経過が
国会では「秘密」と隠ぺいしておき
別の顔で似たものが本屋に並ぶ
怒った全野党議員は退場して抗議

「ウソつかない　ＴＰＰ断固反対　ブレナイ」と
公約のポスターまでウソついて
オレは殺された

殺された文書の裏に

国民に付託された国会が
オレ公文書を黒塗りにして
真相を隠ぺいした

この秘密主義が国会の論議を封じた
国民も国会も闇に放り出した
これって民主主義国家がやること
グッドバイ——

と走り書きがあった

ド・ジ・ン

私は国会の赤い絨毯を歩いていた
そこへ総理が来た
すれ違いざま小声で
「こんにちは『土人』さま」と声にした

こんどは閣僚が揃って来た
「お疲れさま『土人』さんたち」と頭を下げた
ふんぞり返って歩く沖縄北方相には
「こんにちは『土人』」とニヤリとした

後ろからバタバタと二名の守衛
私の襟首をつかむと小部屋へ引きずり込んだ

「不当拘束だ」と私は怒鳴った
「上司の指示　黙って座って待て」
官房長官と秘書が来て尋問を始めた
「総理や閣僚に何故『土人』と侮辱した」
私は少し沈黙
間をあけた

〈高江にヘリパッドはいらない！〉
抗議する主権者に大阪機動隊員が
「土人」という差別語を浴びせた
沖縄北方相は黙認した　謝罪もしなかった

この件で総理は閣議を開き
「土人」を差別語とは一義的に決めつけられない
「謝罪は不要」と決定した

私は
「沖縄北方相と同じ趣旨で閣僚にお返ししただけ」

「オマエは馬鹿かキチガイか
議員に対する侮辱罪だ
総理も閣僚も沖縄県民ではない」
と官房長官

総理たち皆さんは『本土人』なんですね

官房長官はそれを無視して

私の氏名・年齢・職業・住所を聞き
秘書は調書を取り出し作成にとりかかった

私は
「沖縄県民を『土人』といって
差別しても許されるのですか
それが政府の沖縄県民に対する
基本的姿勢なんですね」

無言で何も答えず
「私を『侮辱罪』で罰するなら
先に首相閣僚を罰してからにしろ」

不存在

オレは「統幕文書」だが漏えいしたようだ
野党議員がオレを片手に
参院安保法制特別委員会で政府を追及している

「安保法制が審議入りする数か月前に
国民にも　国会にも隠したまま
統合幕僚長が渡米して米国の陸海軍参謀長官と
日米ガイドラインの詰めを行っていいのか」
慌てた防衛相
「その文書が防衛省で作成したものかどうか確認する」

「その文書は不存在　防衛省のものではない」
「そんな馬鹿な話はない」と追及
すると総理　ニヤニヤ出てきて
「こんなことは絶対あり得ないことです」と余裕をもって話す

オレは
〈えー
オレの文書は日米ガイドラインの重要な日米公式文書の筈
不存在で処理したら今後どうするのだろう〉

統幕監部は国会で不存在と回答し処理したが
一級の重要文書であることは承知していた
オレは厳重管理保管庫にカギをかけて保管されて
共有ファイルやパソコンのオレは廃棄処分にし

不存在のオレはすべて姿を消した

オレは真っ暗な厳重保管庫の中で過ごしたが
オレタチ文書はお互いに目に見えないテレパシーを共有し
以心伝心でそのつど状況を伝え交流の場をもっていた
人間様には気づかれないから心配はない

―ここからはテレパシーで交流し知りえた内容である―

この件はここで完了したと思ったらとんでもない
これからが大変だった
人間社会の仕組みはややこしくてわかりにくい
不存在の文書とされても
実際は存在している文書だから
おかしな話だが

オレ重要文書は漏えいしたことになる
情報が漏えいしたら容疑者捜しをしなければならない

自衛隊中央警務隊が動き出した
しかしいくら捜査しても容疑者がわからない
漏えいした文書をそのまま未処理のままでは組織が許さない
誰か容疑者をあげて詰め腹を切らせるしかない
統幕監部が使ういつもの手口である

防衛省情報本部へ毎日来る文書を受理し
各局の手元へ配信を任務としていた男を
突然中央警務隊が呼びつけて
「統幕文書を漏えいしたのはオマエだな」
「やってない　統幕文書は不存在だったのではないか」
「不存在でも統幕文書の扱いはべつだ」

確たる証拠がないまま
その男が統幕文書漏えいの容疑者とされた
統幕監部が一旦決めたらその通りに動く
「おとなしく勤務していれば早く戻してやる」と
遠方勤務地への島流しの辞令を渡され
このまま黙っていられなかった
男は
国を相手に「冤罪」だと損害賠償を求め地裁に提訴

オレは突然
一年ぶりに
厳重保管庫の闇から太陽のもとへ出され
オレはあちこち黒塗りされたが気持ちは健やか
不存在にされた文書が情報公開開示の対象の準備をされたのだ

オレはいわば無期懲役刑の身
それが突然外の空気を吸えるまたとない幸運だ

考えてみればおかしな話
オレは不存在だから
情報公開申請がされても不存在で対象外のはず
通常なら公開申請は成立せず却下
防衛省のいや国の文書管理のいい加減さを
公開するようなもの

オレはこれからこのまま太陽のもとでいられるのか
再び厳重保管庫入りするかわからない
でも　とりあえずの幸運に乾杯

顔

おまえ達の任務がふえた
これから「二つの顔」を使い分けろ
一つはわが国の被災者を「救助する顔」
もう一つは武器をもって海外へ出兵する
ＰＫＯの「『駆けつけ警護』の顔」

「苦渋の顔」
「困惑の顔」

「二つの顔」の話　父や母や妻に話したら

どんな顔をして　何と言うか

生きて帰ったとき
「ＰＴＳＤ*の顔」
手や足を失くし
「不自由になった顔」
当たり前の
「いつもの元気な顔」

＊心的外傷後ストレス障害。

灰色のメロディー

暮らしに吹き込むすきま風
声を落として
耳元で
そっとわたしに囁きます
オブラートに包んだ灰色のメロディー
―いらっしゃい　こちらのほうへ
―目を早く覚ましなさい
武器を持つことが許されない
新憲法という屈辱の戦後
ご一緒に解き放ちましょう

独立した国にふさわしい
大日本国の
未来の衣に着替えましょう

背筋を吹き込む冷たい風
今日もメディアは
いつものように
庶民の心を冷やします
ラッパと太鼓がはしゃぎまわり
灰色のメロディーで誰もが踊り出す
風は激しく勢いづいて
言葉巧みに駆り立てます
人の心を縛っていきます
個人の尊厳が見えなくされて
内心の白地は

灰色一色に染められて
迷彩服が似合う人になりました

暮らしは乾いた風にえぐられて
気づいたときは
街の景色が一変し
顔に笑顔が消えました
身も心も動揺して固まって
何処にいるかも分からなくなり
本丸は渡さないと言っていた人にまで
にじり寄ってくる風の息
皆が風の吹くまま指差す方へ
恐れを抱きながら
灰色のメロディーに
引きずられ追い立てられて

後戻りはできない道に歩き出す

戦後はこれで終わった

ＰＫＯの駆けつけ警護の派遣　オレに拒否は出来ない
〈国家に貢献出来ることがあるかも知れませんよ〉
それが何だというのだ
オレの右手には冷たい武器を持たされ
危険の真っただ中で何が起こるかわからない不安と恐怖

馬鹿バカしい話ではないか
よその国の人たちにオレは憎しみもなければ怒りもない
その人たちとオレの命はなぜ対峙しなければならないのか
敵か味方かさえわからない

よその国の人たちに監視の目を光らせて
微かな不審な動きに自動小銃の引き金を引く　そして
大地を染める鮮血の前で
残るのはオレを突き刺す憎しみの眼差し
いや　そうとは限らない
望みもしない国葬のトップ記事
オレの戦死記事と写真
家族の悲しみと怒りの声は片隅に小さく載ってはいるが
たった数発の弾玉が
戦後七〇余年続いた平和憲法を崩した

「戦後はこれで終わった」と
これを喜ぶ男たち

天秤

弾丸が
悲鳴を立てて
飛び交う
殺すか
殺されるか
後方支援
いのちの天秤が

揺れる
俺は
靖国には
行きたくない

人

おれは体が不自由　車いすを使っています
わたしは眼が見えない　白杖は手放せません
ぼくは心臓病患者　階段の昇り降りが不自由です

日本国憲法の第一三条のもとでは
おれ　わたし　ぼくは「個人」として尊重され
最大の尊厳を受けていたので
何も心配することなく暮らしていました

自民党の「改憲憲法」のもとでは

第一三条は「個人」を削って「人」にされて
尊重されることになりました
おれ　わたし　ぼくは「人」の中にまぎれました

体の不自由　それはおれ「個人」の問題
眼が見えない　それはわたし「個人」の問題
心臓病になった　それはぼく「個人」の問題
「個人」が「人」の中で見えなくなりました

みんなと同じ「人」になったので
国を頼らず「人」である自分の責任で処理しなさい

足元にいつも転がっていた
これまで生きてきた「個人」の喜びの尊厳が
いつの間にか見えなくなっていました

嘘つ菌

オレ達には名前がない
科学的にもまだ解明されてないので
嘘つ菌と言われている
オレ達は常時永田町の首相や大臣や官僚などの
腹のナイシンに巣食っている
初めは暇で優雅な暮らしだったがいまは違う
オレ達がやっていることは
首相が野党に重大な証拠をつかまれたりして
答弁不能になったとき
ナイシンにある壺をつんつんと突いて

首相や大臣の混乱を取り鎮め
嘘で急場をしのがせるのが任務
漏えい文書は「不存在」の一言で終わらせ
その先は流暢な弁舌で難をすり抜ける
オレ達はいつも国会論議の真っただ中にいる
こんな調子で大過なくやってきた

いまでも燻《くすぶ》っているM学園問題では
大活躍したのはオレ達だ
財務省は嘘つ菌の巣のようなもので
嘘を飽きずに平気で繰り返し
オレ達もそれに合わせて首相の嘘つき壺を突く
休む暇あるはずがない
財務省は証拠の面談記録は廃棄したと予定の行動
百万円のM学園への寄付はやってない

首相夫人の証人喚問は絶対させない
首相と夫人の政治的関与は一切ない
もしあったら首相の職を差し出すとまでいう
国有地売却価格も廃棄物の値引きも適正価格である
首相は強気一本で押し通した
オレ達これに関わったものからすれば
国をあげて首相と夫人救済の
国家プロジェクトを政権挙げて立ち上げた感じ
I市のK学園の学部増設問題だって同じ
首相の声かけと忖度《そんたく》なしではありえない

だが最近オレ達にも
考えなければならないことが起きている
オレ達は首相や大臣や閣僚のナイシンにだけに巣食う
そう思い込まされていたが

実はその裏があるようだ
嘘つ菌はウイルス性の細菌で
アルコールを媒介して増殖する
首相や大臣や閣僚が高級料亭のアルコールの席で
各企業の社長など重鎮と密談すれば
嘘つ菌のオレ達が活躍して伝染する機会がふえる
オレ達にとっては種族繁栄のいい話のようだが
大企業の中にまで
オレ達が増え続ければまさに嘘つき国家
首相や閣僚は意に介さないようだが
国会の民主主義はめちゃくちゃにされ
世界から信用されず物笑いの亡国になる
オレ達には全く関係ないとしても
この国の未来が何となく気になってきた

*

ファシストと言われても

なぜヤスクニの参拝に
それ程こだわるかと問われれば
「御英霊に対する尊崇の念」と答える
それは外交辞令であって
名前も知らない戦没者などは
全く頭の片隅にも引っ掛けてない
東条英機元首相以下一六名の
神になられた偉業を讃えるばかりである

私邸には一七名の遺影が飾ってある訳だが

東京裁判で無法な罪を着せ
A級戦犯の罪で処刑された御英霊の
無念を我が胸に刻み
やり遂げ得なかった夢を叶えてさし上げたい
それが私の歴史認識の原点で
ヤスクニへ参拝し菊花を奉納するのも
揺るがぬ信念がそうさせている

憲法九条にどっぷり浸かって
国家権力たる戦力まで放棄した
平和ボケの人たちに
このままこの国を任せていては
新たな神が生まれてこない
戦没遺族の参拝者もまばらになって
国家と縁を絶たれたヤスクニの神々は

いまや絶望的な危機にある
英霊には誠に申し訳が立たない

政教分離の憲法が邪魔をして
ヤスクニをぎりぎり縛っている
戦死しても英霊を新たな神に祀れないようでは
まだ戦争の出来る国ではない
天皇を中心に据えた
御英霊を神々として祀るヤスクニ
国家神道にせねばならない

韓国　中国　その他の国が何と言ったとしても
天皇主権国家に尊崇の念を抱き
アジアの盟主の位置を取り戻し
「大東亜共栄圏」の夢を国民のものとし

日本国家を再建する思いにかられ
むざむざといまの好機を無駄にすることなく
憲法改正に力瘤を入れる覚悟
それをファシストと言うなら勝手に言え

NHKをハイジャック

「放送法は順守します」と言った会長が
その場で「政府が右と言うのを左とは言えない」と
これは視聴者をギョッとさせたが
パンチがとても効いてよかった
期待の会長だっただけに今回退任は惜しい
会長が蒔いた種はきっと大きな花を咲かせる
オレがハイジャックを決めたのは間違いでなかった

あの会長、口は悪いが情に厚く気さく
局内でも隠れ支持者は多かった

最近の番組編成どうだよくなったろう
文化・芸術的ドラマは減らし
金のかからないバラエティ番組は民放並みだ
それでいて世界の情報は多角的に工夫して
オレの向かう方向を暗示させている

総務相が会長に合わせて放送法に切り込んだ
偏った傾向のドラマ・ルポをチェック
総務相のメディア監視が停波命令措置に
この睨みは効果があり各局自粛の動き
幾つかの局で看板ニュースキャスターの降板へ
オレが思う方向に動き出している
放送法改正の足掛かりになりそう

仏前

あの男
かしこまって仏前で手を合わせた
尊敬するお爺様に
いま審議中の「共謀罪」の様子を伝えている

「共謀罪」は「表」と「裏」の顔をもつ
「表」の顔は「共謀罪」
「裏」の顔は隠して見せない

—首相官邸前は抗議の集会で包囲され

政府がやろうと思うことに
すぐ組織が反応して動く
これでは「改憲」など夢のまた夢

「思想・内心」や「集会・結社」の自由
この忌むべき条項の壁を壊す
これは通常のやり方では壊せない
そのために「裏」がある
「共謀罪」と一緒に「裏」も素通りさせるなら
この難題は一挙に解決

「共謀罪」を「テロ等準備罪」と変え
東京五輪の成功には欠かせない「テロ等」対策を理由にする
やり方うんぬんではなく
成立させさえすればそれでいい

「テロ等」の「等」の中には
「暴力犯罪組織」などと同様に捜査当局が
凶悪な組織犯罪と認定すれば
いかなる組織　集団　政党だって「共謀罪」
ヤツラを一網打尽で始末できる
このあたりはお爺様の時代の
治安維持法を参考にさせてもらった

〈お爺様　如何ですか〉

野党も薄々感づいているようで
法案を国会に上程する前から論戦を仕掛け
経験不慣れな法相はオドオド答弁
私の助け船で乗り切っているが
ご心配はご無用

最後は奥の手もあるのでご安心ください
〈お前もだいぶやり方が熟練したものだ〉
仏壇の炎が大きく揺れ
あの男満足そう

*

リストラされたあなた

あれから数ヵ月が既に過ぎた
履歴書は幾ら送っても
門前払いにされて
夜中に金縛りにあう憂鬱の日々
生きてる辛さが
ため息をつかせる

孤独と自棄の悶えに苦しみ
無意味に乱射する
ハンターのように

「馬鹿野郎」と空に吠えても
カラスが嗤って飛び立ち
寂しさだけを残して

吹きすさぶ北風のうなり
ますます命は
縮こまり凍らせる
暮れていく空に血の色の夕焼けを見て
行く当てもなく
家路への道

街の賑わいは空疎に響き
煌めくネオンに
唾を吐きつけたくなって
ぐっと堪える苦汁が喉を突き破り

理想に燃えた
若き日の夢を思う

誰が吹かせるのかこの風
喜んでいるのは
ドコノドイツダ
使い捨てにして
痛みだけを背負わせ
ポイと片道切符を手渡す非情

灰色の虜にされた男に
生きていさえすれば
明日の光が見えてくる
そんな慰めの言葉など
あなたを追いこむ

罠でしかない

笑顔

「オマエは雇用止め《やとい》」と言われた
それが始まりで全てではない
職探しの数か月が俺を変えていった
ハローワークの職員は事務的
仕事探しの処方箋は何も持たなかった

五〇代の再就職は難しいが
痩せても枯れても俺にもプライドはある
触れて貰いたくないことまでを
根掘り葉掘り聞いたあげく

「仕事は難しいですね」の一言

同情されたいとは思っていない
妻や娘のことを考えれば働かねばならない
歪んだ俺の顔に青春のはかない夢が
家路への道は鉛のようで
扉は閉まりまだ誰も帰っていなかった

君の励ましを力に職探しをしてきた
今日ハローワークから棄てられた
遺書を書き終え決意を固めて外へ出る
そこへ娘の笑顔が歩いて来た
俺は　いま何を考えていたのだ

山背

年金は
減らされた
社会保険料は
増やされた
その上
さらに消費税は乗っかってくる

唾を吐きたくなる
今の時代を堪《こら》えて

山背には
背筋を
しゃんとして
歩き続ける

梅雨空の雲と私

ベルに急かされ
三陸を支える北リアス線が宮古駅を滑り出した
私たちは
東日本大震災後三年四ヵ月の現状を
車窓から尋ねる旅の出発である
車内は小さい子を連れたお母さんと
スーツの会社員と
ザックのグループと私たち
車内が空いている　復興途上なのだ

外はどんよりした梅雨空
次々新緑が覆い被さってくる
耕作する人が絶えた田畑が飛んでいく
ある駅で
定期試験を終えた高校生が乗ってきた
開けっぴろげの話し声
車内を賑やかにした
緑を分けて流れる小さな川の小波
津波はここまでは襲ってはこなかったようだ
トンネルを幾つもくぐり
高校生はいつの間にかみな降りて行った
最後のトンネルを抜けたら海がみえた

海沿いの県道は整備され
新しい陸橋は出来上がったばかりだ

トンネルはコンクリートの補修跡
整備された更地にシャベルカーが転がって
住居跡の基礎の周りは夏草が茂っている
駅舎ごと建替えたピカピカの駅に停まった
途端にどっと多くの観光の乗客
車内はザックの人達がふえて
急に満員電車になった
津波の傷跡を見て来た若者達は
ノート片手にメモを見たり
津波のひどさ　爪痕の怖さを
思いおもいに話していた
見てこなかった私は聞き耳を立てた

梅雨空は大きな海の境界をなくしていた
重たい雲の濃淡の広がり

―あれは何だ―
私の脳裏を揺すった
―顔だ―
海に引きずり込まれた
悲しみの幾つもの顔たち
梅雨空の雲になって

東日本大震災の大惨事のこと
絶対忘れないでね……
犠牲者が訴えているようだった

もう北リアス線は終点の久慈駅　スピードを緩め始めた

核廃絶

閃光　熱波　壊滅
命が蒸発した
命が焼けただれた
命が背負った苦しみと痛み
悶える命は悪夢を呪った

リトル・ボーイ
平和の騎士は
究極の抑止力
勝利の女神と尊び
キノコ雲を賛美し　悪夢から覚めない核保有国

被爆国の市民が

—不条理は許さない—その
小さな声がはじまり
共鳴する市民
一人ひとりの意思が核廃絶署名に希望を託した

署名の命は生きつづけ
止まることがない
被ばく者自身が
人類史上極めて過酷な運命を話した
核爆発を人類が免れるのは核廃絶しかないと世界に訴えた

いま　核廃絶は世界の緊急の課題
ニューヨークの国連本部は
核保有国が反対しても
国連加盟国の三分の二　一二二ヵ国の賛成で
歴史的な核兵器禁止条約が採択された

隣のお爺さんの戦争

隣のお爺さんは三時半に夢で起こされた
そっと寝間着にコートを引っかけて
東京オリンピックの熱が醒めやらぬ闇の街を
虚ろな足取りでふらふらとさまよって
「そめ子　そめ子何処にいる」と呟いて歩いた
東京大空襲で生き別れた娘を探した

その日
お爺さんは空襲警報のサイレンで飛び起きた
B29の鈍い音が腸《はらわた》を揺すり

妻や子ども達は避難する仕度を急いだ
パラパラと時々不気味な金属音が
突然ズダンと爆弾の破裂音　ビリビリと地響き
重い肺病の長女そめ子は
布団にもぐったまま動こうとしない
妻は早く逃げるよう急きたてる
「先に子ども達を連れて風上へ逃げろ」
「私はそめ子を連れて後から行く」と怒鳴る
焼夷弾が我が家のトタン屋根をぶち抜いた
パッと火の手が隣の部屋を明るくした
「そめ子の家に焼夷弾が落ちた」
「早く逃げないと死んでしまう」と布団をめくった
「ワタシもう駄目父さん早く逃げて」
「なに言うだそめ子を残して逃げられる訳がない」
炎はパチパチ煙を上げる

「何も言わず逃げてくれ、そめ子」
急いで体を抱きかかえてみたが
固まったそめ子は私一人では動かない
煙が目に沁み咳き込む
いまや寸時をあらそう事態
「ワタシを置いて逃げて」と泣き叫び
「父さんいなかったら母さん達どうするの」
迷う心を鬼にして私は逃げた
そめ子を見殺しにした
私はさよならと言って飛び出した
炎と煙の中を掻き分け
そめ子を残して殺した　殺した

戦後お爺さんはそめ子のことで悔やんだ
いつまでも苦しんでいたとお婆さんの話

お爺さんは七〇歳を過ぎてから
痴呆の徘徊で娘を探し歩いた
お婆さんはその都度
お爺さんを見つけに探して歩いた
二人の戦争は
お爺さんが亡くなるまで続いた

*

防空壕

風が冬の訪れを感じさせた
うらぶれた窓ガラスはどこも紙張りされて
覆われた布は裸電球を虚ろにした
父ちゃんと母ちゃんは汗水流し
防空壕を掘った
ぼくはその時五歳
言い知れない恐怖がちらついていた
灰色の街に笑顔はなかった
玄関には防毒マスクと鳶口と砂袋

防火用水は水を蓄え
母ちゃんは毎週一回の防火訓練に
時局は敗戦の色を濃くして
誰もが腹を空かせ
自分を忘れた生活に溺れていた

警戒警報のサイレンが
ラジオがこの街に緊急のいまを知らせた
数分後空襲警報にかわって
不気味な夜のしじまの慌ただしさ
たたき起こされた　ぼくは
眠い眼をこすり
初めて防空壕の中に飛び込んだ

飛行機は低音のうなりをあげて

ぱらぱらと焼夷弾がはぜた
大地を揺るがす爆弾の地響き
焼夷弾は赤い舌を嘗め
家族は小さなひとつの固まりとなって
恐怖の過ぎるのを待った
それはとても長い時間だった

防空壕の外が俄かに騒がしくなって
父ちゃんと母ちゃんは飛び出した
とり残されたぼくと妹
ローソクの炎の影が揺れた
後から母ちゃんが
焼夷弾が近くの家に落ちて
みんなで火を消したと話した

連日襲ってくる腹を揺する轟音
ぼくは防空壕の黴《かび》の臭いにも慣れ
みんなで少しずつ食べた乾燥芋がおいしかった
そのうち、防空壕は危険だと
訳も分からず壕を出て逃げた
父さんや母さんとはぐれたとき
ぼくは急に怖くなって泣いていた

八月

お日さまが傾き
山の陰が広がり始めました
田圃には蛙が
あちこちで鳴きはじめました
鬼ヤンマが飛行機のように飛んでいました
小父さんが「ほら蛍だ」と
持ってきてくれました
夜になって蛍ってお尻が光るんだと知りました
蚊帳《かや》の中で放して遊びました
今日も米軍機は

一機も飛んできませんでした

朝霧の流れる山道を
母さんと妹と一緒に弟の牛乳を買いに
妹と手をつないだり走ったりして
牧場まで行きました
スカンポを摘んで
酸っぱい汁を口に含みました
突然カッコウが鳴きました
あまり近くで鳴いたのでびっくりしました
母さんは「カッコウという鳥だ」と教えてくれました
信州の疎開先では
今日も戦争のない朝を迎えました

かんかん照りの日のことでした

急にお昼ごろ
「米軍機が飛んで来るぞうー」と
役場から知らせがありました
誰もがみんな慌てて家から飛び出して
庭の大きな防空壕に入りました
初めての空襲警報に小母さんは怖がっていました
戦争を知らない小父さんに
東京の恐い戦争の話をしてあげました
こっちの方には空襲はありません
その日は富山県の軍港が爆撃されました

蟬がミンミン鳴いて暑い日でした
近所の人がみんな縁側に集まってきて
ラジオの前にうずくまり放送を聞いていました
ボクは何で今日集まっているのか知りません

そしてみな首を落としていました
母さんは「戦争はもう終わったんだよ」と
「ボクたち東京へ帰れるの」と聞きました
母は「そうだね」と

近所の子が大声を上げて
「米軍がこれから攻めて来るぞー」
「親指をしっかり握ってないと親が殺されるぞー」
と　駆け回っていました

ちびた鉛筆

机上に転がっている　ちびた鉛筆
私が最初に手にした時は
キャップの付いた真新しい鉛筆でした
母の指紋を残した遺品
これは母の何本目の鉛筆だったろうか
一緒にその時のノートが沢山出てきた
子どもの頃見た古びたノート

昭和二三年　Ｂ５ノートと鉛筆で
思い出を残す　航海が始まった

それは　長男の私が小学校三年
四人目の二女が誕生して間もない頃
家族六人の出港だった
戦後の食料不足の吹き荒れる海を
鉛筆は櫂となって漕ぎまわった

細やかな文字は　ノート一行を二段書き
子どもたちの健やかな成長を願って
先を丸めた鉛筆は心地よく滑った
長い年月の後　芯がポキリと
ふと空模様を眺めたら
老いて取り残された母がそこにいた
そろそろ停泊地を探せねば

出港してから休まず　五二年間

ロマンを求め前へ休まず漕ぎ続けた
孫が沢山ふえて　お友達がどんどんふえて
乗船する人達で賑わいを見せた時は
鉛筆は大はしゃぎしていた
夕暮れとなり　下船する人がふえてくると
鉛筆はとても寂しがった

一本の取り残された
ちびた黄色いコーリンの鉛筆
寂しさを癒してやるため私は手に握った
母が使っていた頃を思いながら
母が書き残した
粗末なノートの日記帳を開きながら
あれからもう二年が流れ
母への思いは　だんだん遠くなっていった

鉛筆はますますちびていった

ちびた鉛筆が書き残した日記を
あの頃のことを忘れないために
母の遺稿集に編集することを思いついた
父と母の思い出の足跡をなぞりながら
ちびた鉛筆の航海のあとを
家族の記録をもれなく拾い上げてパソコンへ
あの時この時のことを味わいながら打ち込んだ
母の三回忌の記念の遺稿集のために

いのち

施術台は
わが身を置くだけの広さ
あちこちから手が伸びて
着衣ははだけ消毒液がふりまかれて
左腕を除いて防菌のシートが覆う
「痛み止めの麻酔の注射をします」と女医の声
まだ一分も掛けてはいない
「気持ち悪くありませんか」の声かけで
ふといまの自分を確認し
思考は停止したまま返事をしている

「はじめます」の声で
照明が明るくなり
もう心臓の痛みはない
検査の機械が音をたてて動き出した
左腕の肘にザクリとカテーテルの器具の挿入
ビデオが映し出す
冠動脈の狭窄の箇所で部位を確認するため
「息を大きく吸って　はい止めて　楽にして」
造影剤の注入が体を一瞬ほてらせて
尻の穴から熱いものを噴き出す
冠動脈の梗塞場所はくっきり映っている
「はい　これから治療に入ります」
ステントの太さと長さの指示が飛ぶ

治療は
カテーテルによる狭窄部にステント三本埋め込み
カテーテルが血管を入れたり出したり
シャリシャリと音を立てる
痛くも痒くもないが
あまり気持ちよくない
ほぼ三〇分程で「はい、終わりました」の声

安全を期してカテーテルの管は
まだ体内に残したまま
絶対安静のＩＣＵで一晩経過をみる

あの時の冷や汗の出る胸の痛み
あれは何だったのか

近代医学の進歩に感謝しながら
「退院はいつごろになるだろう」とぽつり
酸素の管　点滴の管　尿管が
まだぐるぐる巻きにしても
もうぼくのいのちは輝きを見せている

縄文のヴィーナス

縄文のヴィーナスといわれるあなたを
一目見た
その異様さに
度肝を抜かれた
円みのあるでっかい腰で
大地にしゃんと立ち
上半身はかわいらしい乳房を
ちょこんと二つのせ
顔は細くて
吊り上がった目が

理知的な香りをただよわせている
何かもの言いたげな
小さい口元が気になった

あなたは
ミロ島のヴィーナスではない
八頭身でもなければ
美人でもない
それなのに
強く惹きつけてやまないのはなぜ
心を熱くさせる
ふくよかな褐色の肌
からだ全体から醸し出す
ユーモラスな調べ
女性が

解放されていたせいだろうか

あなたは
寵愛されるための媚びはいらない
自立した
働く
女性だったから
これ見よがしの美しさなんて要らない
健康な体があり
清楚な心を内に
秘めて
働いて生きる
歓びがはち切れんばかり
おおらかで楽観的な
強い意志

縄文人の
あこがれだったあなた

＊長野県茅野市尖石縄文考古館に所蔵。考古館には「縄文のヴィーナス」と「仮面の女神」と名付けられた二体の土偶の縄文時代の国宝がある。これらの土偶はほぼ完全な形で出土した。しかも二つとも二七センチメートルという大型土偶で、造形的にも見事なことから日本最古の国宝に指定されている。

冬の諏訪湖

対岸にへばりついた屋根
音をなくした車のしばしのきらめき
湖に寒風が吹き込み
波を凍らせた乱反射の輝き

氷結した湖の世界は静か
そこに　ささくれ立った御神渡《おみわた》り
蚯蚓腫《みみずば》れの道は果てしなく
冬の厳しさに成熟した華を咲かせる

欲望と偽善とが渦巻く街を離れて
自然を織りなす無報酬の営みを見ると
改めて人間のちっぽけさを教え
傷ついた心を優しく洗い流す

山並みは薄墨色にけむり
濃淡のうえに広がる視界は大空
人間を風景の一つにして
湖は夕暮れを染め抜いていく

旅

凍てつく寒さ
雪が煙らす鉛色の空
襟元を固めて
ブーツが雪の踏み跡を探しながら
今年初めての雪との出会い
白亜の町並みは静けさを吐き出し
人影はゆったりと獣めく
私と妻は今年初めて震える雪の旅

店先の窓は何処も固く閉ざされ

暖簾がしょんぼり
客の訪れなど意に介してはいない
みやげ物屋のガラス戸の薄灯り
昼を少し回った時刻
傘をたたんで雪を払い
ガタピシと軋む戸を開ける
小さな手打ち蕎麦屋

「何か食べるものはありますか」
「食べる気があれば　食べるのはあんただ」
意味を解するのに一瞬戸惑う
熱い茶と一緒に
自家製の大盛りの漬物のサービス
「何にする」と聞かれ私は「山菜そば」
「あんたは」妻は「同じもの」と

「外は寒かっぺ　まあこんなもんだ」

食べ終わって　一息入れ
腰のある手打ち蕎麦の味を褒めると
「そなら　また寄ってくれろ
　外は滑るから気い付けてけ」
「宿はどこだ」私が「〇〇ホテル」と
「あそこか　あそこの露天風呂は天下一品だ」と
したたかさに秘めた
母の香りが爽やかで気持ちいい

雪は深々と降り続く
夕食前「温泉でも行ってみるか」
露天風呂までは素っ裸で
五間程の雪の石畳

舞う雪の中震えながら温泉に
雪景色の外灯が柔らかく膨らみ
軒の太い氷柱が鋭く尖る
久しぶりの湯の香に心も体も生き返っていく

朝顔

蕾を大きく
膨らませている
まだ太陽は眠ったまま
風がそっと流れ
絹が触れ合うような微かな音
それから
朝のドラマが始まった
しぼられた蕾の先に
蓄えられた生命のエネルギーが
蕾をくねらせながら

ほどきはじめた
鮮やかなしぼり模様
少しずつ姿をあらわした
薫り立つ彩り
おはよう　みなさん
今日も平和な
穏やかな朝がきましたよー

吉村悟一詩集『何かは何かのまま残る』解説

ＳＦ風に風刺される現実と生きた実感

佐相　憲一

新聞やインターネット・ニュースなどを見ていてうんざりすることはないだろうか。すべて「民主主義的」にわたしたち国民自身が当選させてしまった政治家や、「民主的」な競争による巨大経済システムの「勝者」によるものなのだから、この国やこの世界をホモサピエンスに任せておいて大丈夫なのかと、わたしたち人類そのものに悲観的にすらならないだろうか。

そんな時、たとえば人生相談投書欄と著名人による回答などを読むと、こちらの方がトップ記事にふさわしいような親しみと切実さを感じる。なかなか人に言えないことで悩んでいる人がいて、そこには人生の個別性と時代背景の共通性があって、境遇は違っても、うなずいて共感したり、回答者の絶妙な言葉に人間哲学を感じたり。そこには文学性があり、詩の心を感じたりするわけだ。スポーツ欄に特集された選手の苦闘記なども文学的な共感を呼ぶことがある。生身の人間の生きた思いがあり、さまざまな葛藤や矛盾があり、発せられる言葉に複雑で繊細な奥行きと独自性があるからだろう。

なるほど、社会的な時事問題は詩になりにくいわけだ。だが、その困難さゆえに、あえてそこにチャレンジする物書きがいてもいい。そこを突破して、不愉快でしかない昨今の政治経済状況を、人生相談欄やスポーツ欄や料理欄などの面白さに負けないような、痛快でコワい物語にして提示してくれる詩人がいてもいいではないか。チクリチクリと小気味よい皮肉をもって、ことの真相を喝破してえぐる書き手がいたらどんなにかスカッとすることだろう。

吉村悟一氏の出番である。日頃は市民として、穏やかな表情をした紳士だ。ところが、夜な夜な部屋の中でその日のニュースに唸りをあげて、にわかにピコピコ印字を始めて、風刺詩人あるいはＳＦ詩人に変身するのである。いや、風刺詩人あるいはＳＦ詩人が元の姿で、とりあえず人間の姿を借りているのかもしれない。後者が実情のようだ。

彼は実際の世の中を変えたいとも思っているのだが、同じくらいの情熱をもって、批評精神の詩の道を追求している。ダメなものはどんどん指摘してほしいと熱心に編集者にせがみ、どんどん削って、いいのを選んでほしいと迫る。

その腰の低さにこちらが恐縮する。その姿勢の背景にあるものを聞いて、なるほどと思った。下町出身の彼は労働組合の大きなところの運営のトップにいた人であり、多種多様な思想的色合いの労働者の声を聴き、要求をまとめて代表する、そうした粘り強い実践の中で、生身の人間にもまれてきたのだった。幼いころに戦争も体験して、壮年期には過労から体を壊し、すんでのところで命を落とすところから節制して生き延びた。そうした中で、闘うことだけでなく、人のかなしみや弱さ、心細さや不安、ありがたさなどを体得したのだろう。詩人としてのデビューは遅かったが、人生からにじみ出るものをもって、独特の感性を活かしている。

最新詩集はこうした中で厳選された、切実なものとなっている。

冒頭の詩はいきなりドキリとさせる。

疑惑

何もない
何もない
何もないようで何かある
何かある
何かある
何かあるようで何もない

何かが手品を使い分け
何かが安堵の息を吐き
何かは何かのまま残る

たったこれだけの詩句なのだが、何もないようで何かあったり、何かあるようで何もないのは、生きている途上で多くの人が実感する不安だろう。つかめるようでつかめない、でも確かに感じられるもの、そうしたそれぞれの思いを胸に次へ読み進むと、手品を使う存在や安堵する者が出てきて、詩は人生の本質から社会的なしくみの何かへとつながっていく。そして、〈何かは何かのまま残る〉という意味深長な詩句でいきなり終わるのだ。野暮な説明はなく、こちらにあれこれ考えさせたまま、作品タイトルに目を戻すと「疑惑」。風刺のニュアンスが感じられると共に、この先何が書かれているのだろうと期待させる。

二篇目「言葉たち」は強烈だ。一行ずつの空きに浮かんだ短い八つの言葉が目に入る。いずれもマスメディアでさんざん聞かされたお上の発言だ。作者の価値判断や形容はいっさいなく、政府関係者の発言が淡々と並ぶ。この〈言葉たち〉の発する皮肉な匂い。三・一一東日本大震災後の原子力発電をめぐる、広範な国民の願いと乖離した政府・財界の対応を想起する時、この詩の風刺力は原子力を上回るだろう。相手の土俵の上で相手自身の言葉でうっちゃる、これぞ風刺相撲といった一番だ。

続いてたたみかけるように展開される連作「内心」「脳波」「オレは無罪だ」でいよいよ作者の風刺ＳＦ才能は爆発する。いずれも、先ごろ国民各層の反対と国際的な懸念が表明された共謀罪がテーマだ。けれど、共謀罪は許せない、〇〇首相は辞めろ、とただ怒号するのは詩にはならない。そこで、吉村悟一氏は「内心」で意表を突く抜群の設定を見せる。詩人の〈オレ〉が「共謀罪」の詩を書くのに苦労しているという、まさにリアル実況中継なのだった。うんうん唸りながら、詩が書けないと正直に愚痴る様子がとても面白く、愛嬌たっぷりだ。そして後半、内心の自由が侵されるさまへと展開し、この法律の怖さが実感としてよく出ている。「脳波」「オレは無罪だ」では、監視カメラの恐怖にうなされる日常をSF風に書いているが、ポリスのセリフ〈テロの犯人役のボランティア要員が不足している／あなたも手伝ってもらえないか〉が事の本質を冴えたかたちで表現している。

次の三篇「公文書」「ド・ジ・ン」「不存在」では、またしても風刺相手の土俵の上で相手の言葉自体の矛盾を突いて果敢な挑戦をしている。国民を欺く秘密交渉や文書記録や問題発言を最も効果的に皮肉る風刺詩手法として、なんと作者はそうした文書や発言そのものの一人称に変身したのであった。〈不存在〉とされた文書の気持ちに成り代わって書くという発想が面白い。「公文書」「不存在」の二篇はその手法で具体的な事実を積み重ねて面白おかしく彼らの異常ぶりをさらけ出している。「ド・ジ・ン」はキワドイ詩だ。風刺対象が発しながらスルーさせた差別語を逆手にとって上手出し投げ。差別語でないと彼らが言うのだから、スガスガシク〈「土人」さま〉と呼び返す。いきり立つ権力側面々の想像シーンがリアルでシニカルだ。〈皆さんは「本土人」なんですね〉というオチまでついていて、日本政府と沖縄の人びとの関係性の本質がえぐられている。

「顔」「灰色のメロディー」「戦後はこれで終わった」「天秤」の四篇は、ＰＫＯ、安保法制、集団的自衛権、駆け付け警護、といったこの間の軍事参加方向の危険性を警告する連作だ。自衛隊の任務変更が強行され、自衛隊員の海外戦死も現実的な可能性を帯びたいま、命の本音が想像されている。〈「二つの顔」の話　父や母や妻に話したら／どんな顔をして　何と言うか〉〈本丸は渡さないと言っていた人にまで／にじり寄ってくる風の息〉〈よその国の人たちにオレは憎しみもなければ怒りもない／その人たちとオレの命はなぜ対峙しなければならないのか〉〈殺すか／殺されるか〉といった詩句が時代にグサリと突き刺さる。ここまで来ると風刺も「わらい」から「コワさ」に比重が移り、作者のＳＦ的創作は現実の近未来、いや、もうすぐそこを警告している。

「人」という詩も切実だ。じわじわと全体主義的なものにからめとられていく世相に、障がい者や病人の当然の権利が蝕まれていく。「個人」が消されて「人」に埋没させられる様子を予言するこの詩を読むと、予言が当たらないようにしてくれという作者の逆説が伝わってくるようだ。

「嘘つ菌」は、ここまでの風刺ＳＦ詩群のひとつのクライマックスだ。痛快この上もない面白さがコワい現実を皮肉ってやまない。

次のブロックに収録された三篇「ファシストと言われても」「ＮＨＫをハイジャック」「仏前」は引き続き風刺詩であるが、権力者側の本音からの視点で描く手法に変わっている。作者が批判する勢力のトップの側からその言動を展開しているのだが、こういう詩が時に無理な決めつけ調に陥りやすいところを、この三篇には説得力がある。それは、その政治家の実際の言動に基づいて皮肉っているからだろう。書いているうちについ作者自身の側の価値判断が出てくるのをこらえて、相手側が正当化しようとする言動自体に矛盾を露呈させているのだ。

次のブロックは、経済的に困難な状況にある人の心を描いた三篇「リストラされたあなた」「笑顔」「山背」で始まる。前の詩群とはうってかわって、しんみりとしたものが胸にひろがる書き方だ。国民各層をバカにしてことを進める政治権力や財界などには、エネルギー全開の工夫に満ちた風刺詩、ＳＦ詩でさらにその上を行って痛切に批判精神と皮肉をおくる詩人だが、労働者や業者、失業者、年金生活者に対しては、さらされた冷たい現実の苦しみとかなしみをそっと掬い取って書いている。共感とともに苦い味が残る切実な詩群だ。

東日本大震災被災地を訪れた「梅雨空の雲と私」、先ごろ採択された核兵器禁止条約をいち早く書いた「核廃絶」と続き、「隣のお爺さんの戦争」では、ある家族の戦争体験とその後のかなしみをリアルに記して、このブロックは終わる。生活する人びとの一人として、作者が寄せる共感が印象深い詩群となった。

詩集の最後は、作者その人の来し方といまを描いた詩群だ。

「防空壕」「八月」での戦争と戦後の体験は、この詩人の心の原点のひとつだ。前章の最後の詩とあわせてこの三篇は、急速に社会から薄れゆく戦争と平和の事実の記憶を、人間の心の記録をともなった文芸を通じて世に伝える大切な使命を帯びているだろう。さまざまな集会などでも未知の人びとにひろく読まれてほしい。

「ちびた鉛筆」には、一家の記憶の中に母親への熱い追悼の思いが鉛筆に託されてつづられている。「いのち」には、九死に一生を得た作者の手術体験が回想されているが、生き残ってくれたおかげでその後、彼が詩人となったことを考えると、人生とはわからないものだと思う。

対象への接近角度や手法をさまざまに変えながら、現代人の様相を鋭く切実に描くこの好詩集も終わりに近づいた。旅の詩三篇がほっとさせてくれる。「縄文のヴィーナス」に素朴に憧れ、「冬の諏訪湖」では、〈欲望と偽善とが渦巻く街を離れて／自然を織りなす無報酬の営みを見ると／改めて人間のちっぽけさを教え／傷ついた心を優しく洗い流す〉という内省に実感がこもっている。妻と共に訪れた〈白亜の町並み〉の雪の「旅」では、ぶっきらぼうで一風変わっているが根は優しい女店主とのユーモラスな会話が生きている。
最後の「朝顔」に託された向日性の命のメッセージがさわやかだ。

動いているこの世の中では、すさまじい悲惨や汚濁がたくさん待ち受けているが、生活や人生を踏みつぶそうとするものに対しては徹底的に風刺し、旺盛な批判精神と諧謔とＳＦ視点でその上を行って乗り越えようとする。一方で、みじめな思いやさびしい思いをしている人びとの心にはそっと寄り添い、自らの生活者の視点と結んで共感のありどころを記す。もちろん、自分自身の個人的な人生の思いを大切にするからこそ、他者の痛みにも眼が行くのだろう。そうした詩世界を展開する吉村悟一氏の詩集には、いい意味での大衆性があり、同時にさりげなく高度なものも駆使している。騒然としたいまの世の中のど真ん中に、この詩集をおくりたい。

あとがき

六年半前に第一詩集『阿修羅』を出版した時は、私が作品選びから編集まで分からないながら処理してきました。そして作業と編集の難しさをしみじみと体得したので今後第二詩集を出版するような時にはしっかりした編集者を選びたいと考えていました。

縁ある佐相憲一氏にお願いをしました。第一詩集に掲載された作品を除いて書き残した作品の中から今度の詩集の掲載作品を選ぶ作業の過程で佐相氏は「風刺詩が書ける人なのでそれを中心にした詩集にしましょう。」自分で風刺詩を書いてきた自覚が全くない私は驚きました。それと同時に政治詩と風刺がこんなに手近にあったことに嬉しくなりました。更に「全体を通して、あなたの視点や思想や生き方、ことの本質が、ひろく効果的に受けとめられ伝わるように」と言われ、こういう詩集づくりがあったのかと納得しました。

それから二か月半、詩の道場に入門したように詩に没頭する日々でした。何しろ佐相氏が私の全作品から載せるべき詩として当初選ばれたのはわずか二五篇。詩集にするには詩作品が足りず、補充するしかありません。新作や未発表の作品を書き直してメールで送りますが、佐相氏には一定の基準があってそれに達していないのは駄目。それでも六篇合格して編集に入り、校正。これがまた大変で、初校が終わるまで一か月。全文書き直した詩も二篇、部分修正、追加で、全頁真っ赤に染めて修正し直すのが大変だったと思います。本当に感謝です。

私にとっては詩を体で勉強するまたとない実践的経験、この機会を逃したら絶対訪れなかったことでしょう。佐相憲一さん、コールサック社さん、この間いろいろとお世話になりました。ありがとうございました。

二〇一七年九月　　吉村　悟一

略歴

吉村悟一（よしむら ごいち）

一九三九年一一月　東京都大田区（旧・蒲田区）で出生
一九九五年　三月　心筋梗塞発作
　　　　　　　　　バイパス手術三本
　　　　　　　　　（以後、心筋梗塞、狭心症を数度繰り返し、
　　　　　　　　　完全房室ブロック、心房粗動の心臓機能障害
　　　　　　　　　でペースメーカー植え込み）
二〇〇〇年　三月　定年退職
　　　　　　　　　月刊誌「詩人会議」購読
　　　　　九月　グループ耕に入会
二〇〇四年　九月　横浜詩人会議に入会

二〇〇五年　三月　詩人会議に入会
二〇〇七年　五月　ポエム・マチネ結成に参加
二〇一一年　三月　第一詩集『阿修羅』（詩人会議出版）
二〇一七年一〇月　第二詩集『何かは何かのまま残る』
（コールサック社）

現住所
〒一九四—〇〇四五
東京都町田市南成瀬五—三〇—二

石炭袋

吉村悟一詩集『何かは何かのまま残る』

2017年10月5日初版発行
著　者　吉村悟一
編　集　佐相憲一
発行者　鈴木比佐雄

発行所　株式会社 コールサック社
〒173-0004　東京都板橋区板橋 2-63-4-209
電話 03-5944-3258　FAX 03-5944-3238
suzuki@coal-sack.com　http://www.coal-sack.com
郵便振替　00180-4-741802
印刷管理　（株）コールサック社　製作部

＊装幀　奥川はるみ

落丁本・乱丁本はお取り替えいたします。
ISBN978-4-86435-311-3　C1092　￥1500E